Les seconde année de la pension Sainte Lucia

Son majordome, Kiba — Izumi Ryuonji
Présidente du conseil des élèves, elle réside au dortoir Sole.

Son majordome, Aoyama — Rika Kayama
Réside au dortoir Luna. Une vraie peste.

Son majordome, Nezu — Fujiko Natsume
Réside au dortoir Stella. Très sexy. ♡

Son majordome, Daimon — Milk Mamahara
Réside au dortoir Stella. Adore tout ce qui touche à l'occulte.

Son majordome, Kanzaki — Tami
Réside au dortoir Ombra. On ne sait rien d'elle.

Mei Shinonome
Très maladroite mais avec un énorme sens de la justice, c'est une jeune fille ordinaire qui veut devenir la demoiselle de bonne famille la plus distinguée au monde.

Rihito Shibata
Le majordome de Mei. Il possède un badge de rang S.

Clarisse
Elle se fait passer pour son frère pour contrer la tradition de son pays, qui veut que seul un héritier mâle ait le droit de monter sur le trône.

Léon
Le majordome de Clarisse. C'est son ami d'enfance. Il est à la tête de la cavalerie royale.

Résumé des épisodes précédents

Mei Shinonome est une simple collégienne qui vit dans une petite ville de campagne. Lorsque ses parents disparaissent dans un accident de voiture, elle se retrouve seule et découvre que son père était l'héritier de la riche et puissante famille Hongo. Devenue du jour au lendemain une riche héritière, Mei devra désormais avoir toujours à ses côtés un majordome, Rihito. Elle se laisse également convaincre par son grand-père de partir étudier dans une école qui n'accepte que les jeunes filles de bonne famille, la pension Sainte Lucia.
Arrivée là-bas, elle découvre qu'elle va devoir se hisser dans les rangs des élèves en gagnant des "brillants" grâce à ses études et ses actions. Elle rencontre aussi Shiori Hongo, dont Rihito était auparavant le majordome. Shiori complote et reprend Rihito à Mei, mais avec l'aide de Kento, cette dernière déjoue les plans de Shiori et les choses reviennent à la normale. Malheureusement, Kento doit repartir en Angleterre. Quatre ans plus tard, plusieurs prétendants à la main de Mei arrivent à la pension, parmi lesquels Clarisse et son majordome Léon. Clarisse se fait passer pour un homme dans le but de protéger son pays, mais doit le regagner en catastrophe avec l'aide de Mei, car son fourbe d'oncle tente de le vendre à un pays voisin...

♥

Pour plus de détails, lisez les tomes 1 à 8 de *Mei's Butler*, en vente dans toutes les bonnes librairies !

Mei's Butler
57 moutons 9
Riko Miyagi

un coup
Branche ramassée pas loin

Vaincu en
...
HOURRA ! T'ES GÉNIAL RIHITO !
M'OUI... PAS MAL...

Je voulais juste que Clarisse ait l'occasion de s'exclamer "mon oncle !!", ma bonne dame ! Bienvenue dans le tome 9 !!

Merci de tout cœur de me suivre jusqu'ici ! Pendant que je ne faisais pas attention, la série a même gagné une adaptation en série live. Décidément, on ne sait jamais ce qui vous attend au tournant, dans la vie... Par conséquent, dans ce tome, je vais vous parler de cette adaptation. (Pour fêter ça !)

MON ... MONSIEUR LE PREMIER MINISTRE !!
ALLONS BON, QUOI, ENCORE...
NOUS AVONS REÇU UN ULTIMATUM DU ROYAUME D'ARABIÉLA ET DE LA LIGUE ARABE !
"SI VOUS NE CESSEZ PAS VOTRE OFFENSIVE CONTRE LE BERNSTEIN...
NOUS NE VOUS FOURNIRONS PLUS EN PÉTROLE ET VOUS POUVEZ DIRE AU REVOIR À NOS INVESTISSEMENTS CHEZ VOUS."
IL FAUT BATTRE EN RETRAITE !!
ORDONNEZ LE RETRAIT DES TROUPES IMMÉDIATEMENT !!
REPORTEZ TOUTES LES RESPONSABILITÉS DE CE FIASCO SUR CE CARL !!
CHOUETTE !
LES CHARS S'ENFUIENT !
EUH...
...

Père, vous avez perdu la tête ?!
Comment avez-vous pu vendre notre pays ?!
Et pour une somme aussi ridicule !!
Château du Bernstein
Haa...
Haa...
Haa...
Il y a bien long-temps...
Alors que je n'étais encore qu'un prince...
J'ai rencontré un asiatique effondré sur le chemin.
...
Je meurs de faim... c'en est fini de moi...
FLOLOLOP

Mon déjeuner...
MIOM MIOM
MIOM MIOM
DÉLICIEUX, CE PAIN... ON SENT BIEN LE GOÛT DU BLÉ...
C'EST CELUI-CI QUI EST UTILISÉ POUR LE FABRIQUER ?
EUH... OUI. JE PENSE.
JE VOIS... C'EST UNE TERRE GÉNÉREUSE...
IL FAUDRA EN PRENDRE BIEN SOIN.
CAR QUAND ON PERD QUELQUE CHOSE DE PRÉCIEUX, ON NE LE RETROUVE PLUS JAMAIS.
NIERK
L'ARGENT, C'EST SIMPLE À OBTENIR.
ÇA ME RAPPELLE...
J'AI APPRIS ENSUITE QU'IL VENAIT PÊCHER AVEC MON PÈRE.
KINTARO, BIENVENUE !
JE ME SUIS UN PEU PERDU EN ROUTE...
LE ROI PRÉCÉDENT
...

À L'ÉPOQUE, J'AVAIS L'INTENTION DE REMPLACER LES CHAMPS PAR DES USINES, UNE FOIS DEVENU ROI.
C'EST COMME S'IL AVAIT LU EN MOI.
PARDON ?
ENFIN, BREF...
JE ME SUIS DIT QUE CE NE SERAIT PAS UNE MAUVAISE CHOSE DE CÉDER LE PAYS À CETTE DEMOISELLE.
...

À VOUS DEUX, VOUS SAUREZ FAIRE LE BONHEUR DU PAYS.
TU AS ENTENDU ?
JE COMPTE SUR TOI !
T'AURAS QU'À ME PAYER TON TRIBUT EN BLÉ ! ♡
QUEL TRIBUT ?!

MALHEU-REUSEMENT, IL RESTE LE TRAITÉ AVEC LA CROSSIA.
IL STIPULE QUE C'EST UN PRINCE QUI DOIT VOUS SUCCÉDER.
BAAAH, C'EST MON PAYS MAINTENANT ! ON S'EN FICHE, DE ÇA ! ♡
MU HA HA HA HA
C'était vraiment une bonne idée de tout lui confier ?
AH !
PAR CONSÉQUENT, TU PEUX CONTINUER À TE DÉGUISER EN PRINCE !
EN PLUS, ÇA TE VA TRÈS BIEN. ♡
CE N'EST PAS UN DÉGUI-SEMENT !!
ALLONS, ALLONS ! VOS HISTOIRES COMPLIQUÉES SONT TERMINÉES ?
LES GENS DU VILLAGE ONT PRÉPARÉ UNE FÊTE POUR L'OCCASION. ♡
UNE FÊTE ?

BAH, TANT QUE TU TE CONDUIS COMME UN PRINCE, C'EST ÇA QUI COMPTE !
BIEN DIT, MA PETITE !
HEIN ?
VOUS TROUVEZ ?
ALLEZ, MANGEZ !
BON, DANS CE CAS...
À LA VÔTRE !

C'EST PAS CROYABLE...
COMMENT PEUT-ELLE ÊTRE AUSSI INSOUCIANTE ?
PFF ! LES RICHES, DÉCIDÉMENT !
JE ME DEMANDE QUI L'A ÉLEVÉE !
MADEMOISELLE MEI A PERDU SES PARENTS IL Y A QUATRE ANS.
C'EST À LA SUITE DE ÇA QUE LA FAMILLE HONGO L'A RECUEILLIE.

IL S'EST PASSÉ BIEN DES CHOSES, DEPUIS…
QUE FAUT-IL FAIRE POUR DEVENIR LA JEUNE FILLE LA PLUS ACCOMPLIE DU MONDE ?
MADEMOISELLE MEI AVANCE À TÂTONS…
POUR DÉCIDER DE CE QUE SERA SON AVENIR.
BIEN SÛR…
AVEC SA MALADRESSE ET SON ÉTOURDERIE, ELLE A TENDANCE À SE PERDRE EN CHEMIN…
…
IL N'Y A PAS BEAUCOUP D'ÉLÈVES À LA PENSION SAINTE LUCIA.
ELLE SE RÉJOUIRAIT SÛREMENT DE GAGNER DEUX AMIS DE PLUS.

…
JE VEUX BIEN CONSIDÉRER LA QUESTION.
QU'EST-CE QUI TE FAIT RIRE ?!
PFH
TU PEUX RESTER DÉGUISÉE, SI TU VEUX !
GNOM もぐもぐ GNOM
GNOM もぐ
JE TE DIS QUE C'EST PAS UN DÉGUISEMENT !
Décidément, je ne peux pas m'entendre avec elle !
DITES ! ÇA ME TRAVAILLE DEPUIS LE DÉBUT, MAIS…
VOUS SORTEZ ENSEMBLE, TOUS LES DEUX ?
QUE…
BIEN SÛR QUE NON !! NOUS SOMMES JUSTE DES AMIS D'ENFANCE !!
ET D'AILLEURS…
HEIN ? T'ES SÛRE ?

IL A TOUJOURS PRÉFÉRÉ CLAUS À MOI !!
QUOI ?!!
TCHAC
TU T'IMAGINAIS QUE JE N'AVAIS PAS REMARQUÉ ? TOUJOURS COLLÉS L'UN À L'AUTRE !
N'IMPORTE QUOI ! JE M'OCCUPAIS DE LUI PARCE QU'IL ÉTAIT SOUVENT MALADE !
HMPF !
Un ami d'enfance... Quelle chance...
C'EST VRAI QU'IL ÉTAIT TELLEMENT PLUS GENTIL ET DOUX QUE MOI...
MAIS QU'EST-CE QUE TU RACONTES ?!

Et lui ?
Que peut-il bien faire, en ce moment ?
DODOM
MADEMOISELLE MEI ?

AUJOURD'HUI, JE TENAIS À VOUS DEMANDER PARDON POUR UNE CHOSE TERRIBLE…
EN VÉRITÉ… JE SUIS CLARISSE ET NON PAS CLAUS…
JE SUIS UNE FEMME…
J'AI EU PEUR !
C'EST TOUT ?
C'EST UN PEU TARD POUR NOUS LE DIRE …
ÇA FAIT DÉJÀ DES LUSTRES QUE NOUS AVIONS DEVINÉ !
C'EST VRAI, ÇA !
HEIN ?
QUOI ?!
Elle croyait vraiment avoir trompé tout le monde ?

...
VOUS NE VOUS SENTEZ PAS BIEN ?
EUH...
C'EST PAS ÇA...
MUR
FLOF
SCRAAAC

MADE-MOISELLE MEI !!
WAAAH
QUE SE PASSE-T-IL ?
RIHI-TOOO…
REGARDE, ON PEUT PASSER DE L'AUTRE CÔTÉ…
MAIS… C'EST…
ばばーん
DADADAM
"LE PREMIER SOUPER" DE DE VINCI !!
CETTE FRESQUE MYTHIQUE SE TROUVAIT DONC ICI ?!
PÈRE ? QU'EST-CE QUE…
IL FAUT PRÉVENIR L'UNESCO ! C'EST LA FÊTE AUJOURD'HUI ! ALLEZ, BUVEZ !
ILS S'EN DONNENT À CŒUR JOIE…

JE SUIS SÛR QUE MEI VA ÊTRE MORTE DE JOIE ! ♡
PFH
…
AAH ! ♥
C'EST TOI QUI M'AS SAUVÉE !
JE T'ADORE, MON EL-FAAN ! ♡
VLAM
OUI, MEI ! VIENS TE BLOTTIR CONTRE MA LARGE POITRINE…
どんちゃん どんちゃん
POUM
LALALA
L'IDIOT QUI CHANTE !
L'IDIOT QUI DANSE ET…
…
TIENS ? LE PRINCE DU PÉTROLE ?
QU'EST-CE QUE TU FICHES ICI ?
COMMENT ÇA ?!
C'EST GRÂCE À MOI SI CE PAYS EST SAUVÉ, DIS !!
QU'EST-CE QUE TU RACONTES ?
C'EST PARCE QUE RIHITO NOUS A DÉBARRASSÉ DE TONTON CARL, TU VEUX DIRE, OUI !
PARDON ?!
QU'EST-CE QUE TU FAIS ICI, LE POMPISTE ?
ALORS IL PARAÎT QUE T'ES UNE FEMME, TOI ?
DANS CE CAS, AU LIEU D'ÊTRE PRÉTENDANT…

*N.D.T. : environ 435 euros.

パタン…
CLAC…
スゥ…
ZZZ…
MADEMOISELLE MEI, VOUS VOULEZ VOUS CHANGER ?
…
ぎゅう
GRIP
PFH…
ギシ
FWH…

SHIBA... TA...

CE FUT UN COUP TOUT À FAIT INTÉRESSANT…
MEI HONGO.
IL ME SEMBLE QU'ELLE N'Y SERAIT PAS ARRIVÉE SANS L'AIDE DE SON MAJORDOME ET DE SES COMPAGNES DE CLASSE.
MÊME L'ARABIE S'EN EST MÊLÉE.
ELLE N'A PAS FAIT GRAND-CHOSE…
LORSQU'ON EST ENTOURÉ DE GENS CAPABLES, IL EST PARFOIS INUTILE DE FAIRE QUOI QUE CE SOIT.
IL LUI A SUFFI DE RÊVER LA SOLUTION.
RÊVER ?

J'AI L'INTENTION DE CONTINUER UN PEU À T'OBSERVER, MEI…
ET DE JUGER SI TES RÊVES SONT DIGNES D'UNE VRAIE DEMOISELLE DE QUALITÉ…
OUI…

58 moutons

SHITSUJI MEI CHAN NO SHITSUJI MEI CHAN NO

*rue du parc

Ils choisissent leurs vêtements de tous les jours sur catalogue.

Je me suis rendu compte que je n'avais jamais dessiné mes majordomes en habits de tous les jours. Donc, j'ai voulu essayer. D'ailleurs, lorsque l'ancien éditeur S. de Margaret a donné son accord pour cette expérience, il aurait fait la réflexion "Eh bien alors ? Ça lui fait plaisir à ce point ?" Non, ce n'est pas que je sois contente, mais c'est en préparation d'un futur événement dans la série !! Sinon, oui, bon, c'est vrai que ça me fait plaisir de pouvoir le faire. (pardon)

...
QU'EST-CE QUE C'EST ? UN TOURNAGE ?
AAH
Y'A MÊME DES ÉTRAN-GERS !
AAH
Note : considérez ça comme un voyage scolaire.

SHIBUYA GUIDE
DADADAM
TU AS VU ?
BLA...
PASSEZ DEVANT, MADEMOISELLE MEI...
QUOI ? NON, JE SUIS BIEN OÙ JE SUIS...
!!

J'ai tendance à oublier, vu que je passe mon temps à la pension...
Mais ma classe...
est particulièrement voyante !!
JE VAIS VOUS SUIVRE DISCRÈTEMENT...
PAS QUESTION, CETTE SORTIE EST TOUT SPÉCIALEMENT EN VOTRE HONNEUR.
INCROYABLE !!
QU'EST-CE QU'ILS SONT BEAUX !
CES SONT DES MANNEQUINS ? QU'EST-CE QU'ILS SONT GRANDS ! ♡
C'EST QUOI, CES NANAS AVEC EUX ?!
IIIH
J'AIMERAIS BIEN SORTIR AVEC L'UN D'EUX !

AAH
AAH
HMPF !
しれっ
DÉCIDÉMENT, CE QUARTIER EST TOUJOURS AUSSI BRUYANT.
C'est de ta faute !!
...
ALLEZ, MEI, ALLONS-Y !!
VLAF
DODOM
JE T'ACHÈTERAI TOUT CE QUE TU VEUX ! ♡
TOUT LE QUARTIER, SI TU VEUX !!
Si seulement ce crétin de prince n'avait pas dit ça...

Quelques jours plus tôt…
AAH… J'AI ENVIE DE SORTIR AVEC MEI… ♡
QUOI ?!
QU'EST-CE QU'IL TE PREND, TOUT D'UN COUP ?!
APRÈS TOUT, JE SUIS UN DE TES PRÉTENDANTS OFFICIELS.
TU N'AS RIEN À Y REDIRE N'EST-CE PAS, MAJOR-DOME ?
NON.
RIHITO, TOI AUSSI ?!
OÙ PEUT-ON ALLER ?
LES JAPONAISES SEMBLENT APPRÉCIER LE QUARTIER DE SHIBUYA…

WAAH
C'EST INTÉRES-SANT, COMME ENDROIT ?
OUI ! ♡
JE N'Y SUIS JAMAIS ALLÉ !
TU PARLES, C'EST LE QUARTIER DU TOC.
QUOI ?! TOI AUSSI, TU CON-NAIS ?
ET VOUS, MONSIEUR DAMIEN ?
J'IRAI SI JE SUIS RÉVEILLÉ. SINON, JE PASSE.
ZZZ
À VOS ORDRES.
JE PENSE QUE VOUS FERIEZ MIEUX DE VOUS ABSTENIR…
AZUMA-CHOU… JE…
J'AI BESOIN DE REPRENDRE CONFIANCE EN MOI !!
JE VAIS DEVENIR FOU SI JE RESTE ICI !!
Je savais qu'il n'aimait pas passer inaperçu...
IL PARAÎT QUE C'EST LA FÊTE TOUS LES JOURS, LÀ-BAS !!
D'où elle sort ça ?
Clarisse s'est inscrite à la pension en tant qu'élève fille, pour poursuivre son éducation de demoiselle.
AH !
CLARISSE ! TU ES REVENUE ? ♡
DIS DONC, T'ES UNE PRINCESSE, QUE JE SACHE !
QU'EST-CE QUE TU FICHES ICI ?!
J'AIME PAS AVOIR L'ENTRE-JAMBE À L'AIR !
ELLE PARLE DES JUPES.
MAIS ELLE RESTE HABILLÉE EN GARÇON.

MOI AUSSI, JE VEUX SORTIR AVEC MEI.
TAMI ?
VLAFF
PAS SI PRÈS.
STAP
BON !
Elle s'est prise au jeu.
ON VA TOUS ALLER À SHIBUYA !!
OUAIS !
MADEMOISELLE IZUMI, VOUS N'ALLEZ PAS L'ARRÊTER ?
ÇA VA FAIRE UN BAZAR TERRIBLE…
HUM…
ON N'A QU'À DIRE QUE C'EST LA PREMIÈRE ÉDITION DE “EXPLIQUONS LA CULTURE JAPONAISE AUX ÉTUDIANTS ÉTRANGERS”.
JE VAIS LE DIRE À SŒUR ROSE.
Et bien sûr, le jour dit…
voilà le résultat catastrophique.
OOH OOH
AAH
JE SAVAIS QUE ÇA CRÉERAIT UNE PANIQUE…
OUI…
MÊME AVEC LE GRAND NOMBRE DE GARDES DU CORPS ENGAGÉS SPÉCIALEMENT…
SI SEULEMENT NOUS POUVIONS LEUR OFFRIR L'UN D'ENTRE NOUS EN PÂTURE…
AAH !
AAH !
POUSSEZ PAS !
EUH… NEZU…
AAH
VOUS AVEZ COMPRIS ! N'ATTIREZ SURTOUT PAS L'ATTENTION !!
PUIC
PUIC
ON CROIRAIT UN PERVERS.
TU ES SÛR QU'IL SERT À QUELQUE CHOSE, CE DÉGUISEMENT ?
BIEN SÛR, VOUS N'Y CONNAISSEZ RIEN, ENFERMÉES DANS VOTRE PENSION…

* UN GROUPE D'IDOLES COMPTANT CINQ MEMBRES.

*N.D.T. : célèbre building au centre du quartier de Shibuya. Il contient un centre commercial dédié à la mode.

AU FAIT, OÙ SONT YAN ET SON ENTOURAGE ?
LE MAÎTRE NE SE SENTANT PAS TRÈS BIEN, LA FAMILLE YAN NE PARTICIPERA PAS À CETTE SORTIE.
VEUILLEZ TRANSMETTRE NOS EXCUSES LES PLUS PROFONDES À MADEMOISELLE MEI...
AH BON…
Décidément...
ils sont spéciaux...
ET VOILÀ !
CE QUE VOUS ATTENDIEZ TOUS AVEC IMPATIENCE…

LA GRANDE PARTIE DE SHOPPING ! ♡
Shopping à Shibuya !!
OOOH ! ♥
JE SUIS CAPABLE DE ME PAYER MOI-MÊME CE QUE JE VEUX !!
ET LÂCHE-MOI !
GROH !
GWOH ! ♥
ALORS MEI ? QU'EST-CE QUE TU VEUX QUE JE T'ACHÈTE ?
HEIN ?
HEIN ?
MADE-MOISELLE, MALHEUREU-SEMENT...
Zut, j'avais oublié...
PFIUHUUU
Je viens juste d'acheter tout un pays...
POUR 50000 YENS.
C'EST AUSSI INTÉRESSANT DE JUSTE REGARDER. LES VENDEUSES ET LE RESTE...
ÇA DONNE DES IDÉES POUR S'HABILLER.
C'est vrai ça ! Elles sont toutes si jolies. ♡
C'EST AGRÉABLE À REGARDER...

S'HABILLER ? TU APPELLES ÇA ÊTRE CHIC ?
CETTE VOIX ?
OÙ SE TROUVE LA SALLE D'ESSAYAGE ?
PAR ICI, JE VOUS EN PRIE. ♡
MERCI, NOUS ALLONS EN AVOIR BESOIN.
Elle a pourtant bien l'intention d'acheter, à ce que je vois...
MH ? QUE SE PASSE-T-IL ?
ザワザワ
BLA BLA
JE VIENS DE VOIR UNE FILLE SUPERBE ENTRER ICI ACCOMPAGNÉE D'UN GARÇON À TOMBER !!
DES CÉLÉBRITÉS ?
PEUT-ÊTRE !
...
D'AILLEURS, CELLE QUI EST LÀ-BAS N'EST PAS MAL DU TOUT NON PLUS !
ELLE DÉGAGE UNE DE CES AURAS...
J'AI FINI.
FWH
OOOH... !

INCROYABLE, RIKA ! ÇA TE VA À MERVEILLE !
MÊME SI C'EST PAS CHER.
COMME D'HABI-TUDE !
SUPERBE !
VOUS ÊTES TRÈS BELLE, MADEMOISELLE RIKA !
VOUS... VOUS AVEZ GAGNÉ...
Même la vendeuse star du magasin paraît banale à côté d'elle.
JE PRENDS TOUT.
AOYAMA ! ON PASSE AU SUIVANT !!
JE VAIS ÉCRASER TOUTES LES FILLES DE L'ENDROIT !
À VOS ORDRES ! ♡
On dirait que ça lui plaît...
MEI !!
J'AI TROUVÉ UN MAGASIN SUPER MIGNON !!

Il a l'habitude, avec son harem.
ÇA VA PAS, NON ?!
POUR VOUS MONSIEUR, VOICI CE QUE NOUS VOUS RECOMMANDONS. ♡
VOUS NE TROUVEREZ PAS ÇA DANS UN HAREM.
C'EST "JAPAN COOL" !
Oh !!
EL-FAAN, JE T'ADORE...
MAIS CE COSTUME TRANSPARENT DE SAILOR-MEI EST UN PEU EMBARRASSANT...
MEI !
TU DOIS ABSOLUMENT TE PROCURER ÇA !

TIENS ? MAIS OÙ EST-ELLE ?
ZWIP ZWIP
きょろきょろ
PARTIE AUX TOILETTES.
Female
MEI, J'ENTRE !
AH, OK.
VO... VOTRE ALTESSE ! VOUS NE POUVEZ PAS FAIRE ÇA !!
POUR-QUOI ?
PARCE QUE NOUS SOMMES AU JAPON !!
STAP
AAARGH
On a sauté de si haut !!
PARDONNEZ-MOI. VOUS N'AVEZ RIEN, J'ESPÈRE ?
NON...
ÇA VA...
DANS CE CAS, ALLONS-Y.
HEIN ?
OÙ ÇA ?

LÀ OÙ C'EST PLUS CALME.
ドキッ
DOOOM
Ah bon ?
D'ACCORD !!
MEI ...
RIHITO SHIBATA...
C'EST UN ENNEMI DE TAILLE.

ENNEMI ?
Oooh ! ♡
C'est plein de jolies boutiques... ♡

Aaah ! ♡
Trop mignon ! ♡
Je les veux... ♡♡
SEULEMENT... JE N'AI PLUS D'ARGENT...
PFUHUUU
VOTRE ANNIVERSAIRE EST LE MOIS PROCHAIN, SI JE NE ME TROMPE ?
C'EST UN PEU TÔT, MAIS LAISSEZ-MOI VOUS LES OFFRIR.
QUE... QUOI !
PAS QUESTION ! ELLES SONT BIEN TROP CHÈRES !!
HA HA...
N'OUBLIEZ PAS QUE JE SUIS SALARIÉ.
JUSTEMENT, JE NE PEUX PAS UTILISER TON ARGENT DUREMENT GAGNÉ POUR CE GENRE DE CHOSE !
DILING
BONJOUR...

*N.D.T. : au Japon, les tailles de chaussures sont le plus souvent exprimées en centimètres, par convention.

IL VAUT VRAIMENT MIEUX QUE JE LES PORTE.
FWH
DODOM
Ah...
RIHITO...
DIS...
TU VEUX BIEN ME DONNER LA MAIN ?
PFH...

ギュ… GRIP
OUI.
C'est comme...
un vrai rendez-vous amoureux...
PST ひそひそ PST!
ピシッ TIC
ASSIEDS-TOI ! TU M'EMBAR-RASSES !

NOUS AVONS BEAUCOUP MARCHÉ AUJOURD'HUI. VOUS N'ÊTES PAS TROP FATIGUÉE ?
PAS DU TOUT !
JE M'AMUSE TROP POUR ÇA…
TANT MIEUX.
D'AILLEURS, C'EST BIEN LA PREMIÈRE FOIS QUE JE TE VOIS SANS TON UNIFORME.
TU ES TOUJOURS TIRÉ À QUATRE ÉPINGLES.
Pourtant...
quand il est habillé comme ça...
ÇA DOIT FAIRE QUATRE ANS QUE ÇA NE M'ÉTAIT PAS ARRIVÉ.
SANS CETTE OCCASION, ÇA AURAIT DURÉ ENCORE PLUS LONGTEMPS…
Hein ?
Comment ?!

j'ai l'impression de voir un inconnu...
Ça me rend nerveuse...
?
J'AI QUELQUE CHOSE SUR LA FIGURE ?
EUH ! NON !
J'ESPÈRE QUE MES SOI-DISANT PRÉTENDANTS VONT BIENTÔT RENTRER CHEZ EUX.
APRÈS TOUT, JE N'AI QUE DIX-SEPT ANS. MÊME SI J'EN AURAI DIX-HUIT LE MOIS PROCHAIN...
JE N'AI PAS LA MOINDRE INTENTION DE DÉJÀ ME MARIER...
...

MA MÈRE S'EST MARIÉE À SEIZE ANS.
PAR-DON ?!
CETTE FEMME SI BELLE QU'ON DIRAIT UNE DÉESSE ?!
EH OUI.
ALORS POUR MOI…
CES PROPOSITIONS DE MARIAGE À UN SI JEUNE ÂGE…
NE ME SEMBLENT PAS DU TOUT ÉTRANGES…
VOUS ÊTES SUFFISAMMENT MÛRE POUR FAIRE UNE PARFAITE ÉPOUSE.

...
DANS CE CAS...
J'AIMERAIS QUE CE SOIT TOI, RIHITO...

DODOM
DODOM
qui fasses de moi...
ta femme...
DODOM
DODOM
FWH
IL EST TEMPS DE RENTRER.
L'HÉLICOPTÈRE NE VA PLUS TARDER À DÉCOLLER…
MADE-MOISELLE MEI ?

MADE-
MOISELLE
MEI ?
POURQUOI
TU NE
M'EMBRASSES
PLUS, CES
DERNIERS
TEMPS ?!

STAP
HEIN ? ATTEN...
MADEMOISELLE MEI ?!
Avant... il me prenait toujours dans ses bras...
Alors pourquoi ?
Pourquoi...
BOM
SPLAT

EXCUSEZ-MOI ! JE...
JE T'AI CHERCHÉE PARTOUT !
MOCHETÉ.
Qui...
PARDON ?

Qui est-
ce ?

59 moutons

MEI CHAN NO SHITSUJI MEI CHAN NO SHITSUJI

Au fait, à propos de l'adaptation des manga dans d'autres médias, les opinions diffèrent sur le sujet, mais ma position est de ne jamais m'en mêler. Ou alors, de dire "Faites comme vous voulez". Adaptation en série live, en série animée ou en CD drama, etc. Quand le média change, le type d'expression, la manière de gérer le temps, les restrictions ainsi que la cible changent également. En fait, à mes débuts, j'ai travaillé sur l'adaptation d'un film en manga et je me souviens que le directeur avait eu la gentillesse de me dire "Tant que vous ne changez pas la dernière scène, faites comme vous voulez", ce qui m'avait encouragée à dessiner. C'est pour cette raison que je fais confiance aux professionnels qui s'occupent de ces projets, en espérant être plaisamment surprise. (à suivre)

OU BIEN PARS EN ANGLETERRE.
L'Angleterre
Il y a quatre ans, je n'ai pas hésité une seule seconde.
Mei...
Tu peux aimer Rihito autant que tu veux, je n'ai pas l'intention de renoncer.
Je te forcerai à me remarquer en devenant le meilleur majordome du monde !!

NOUS Y SOMMES, KENTO.
IL DORMAIT.
AH !
Hein ?
C'EST UNE ÉCOLE ANGLAISE POUR MAJORDOMES ?
C'est un vrai château !!
IL EST TELLEMENT GRAND QU'ON N'EN VOIT PAS LE BOUT.
Enfin, c'était bien pareil à Sainte Lucia...
C'EST LE CHÂTEAU DU DUC DE REDFORD.
?!
RED-FORD ?
UN DUC ?!
QU'EST-CE QU'ON FAIT ICI ?
C'EST L'ENDROIT PARFAIT POUR T'APPRENDRE CE QU'UNE ÉCOLE NE PEUT PAS T'ENSEIGNER.

QUOI, TU VEUX DIRE QUE…
Je suis ici en appren-tissage ?!
Il a raison. Je ne dépasserai jamais Rihito si je fais comme tout le monde... Le mieux c'est d'apprendre sur le tas !!
Cet endroit est vraiment immense...
Ça fait trente minutes depuis qu'on a passé l'entrée et on n'est pas encore arrivés...
Duc... Il me semble que c'est le titre le plus haut de la noblesse anglaise...
PREMIÈRE PLACE
DUC
MARQUIS
COMTE
VICOMTE
BARON
Zut...
Je suis nerveux, maintenant...
NOUS Y SOMMES.

VOICI LA DEMEURE DU DUC DE REDFORD.
FWH
C'EST ICI QUE JE TE LAISSE.
FAIS BIEN ATTENTION À TOI.
OUI…
TOI AUSSI, GRAND-PÈRE…

ブオオオオオオ
BROOO
...
Je te promets de faire de mon mieux...
BIENVENUE CHEZ LE DUC DE REDFORD.
Je ne l'ai absolument pas entendu arriver.
JE SUIS LE MAJORDOME EN CHEF DU CHÂTEAU, ALFRED.
EUH... ENCHANTÉ ?
HAHA... VOUS N'AVEZ PAS À ME SALUER.
DOUBLE AAAARGH
Ce sont mes réflexes de japonais !!
VEUILLEZ ENTRER, JE VOUS PRIE.
ギイイイ
CRIII...

BIENVENUE, MONSIEUR KENTO !!

FLOLOP
MONSIEUR KENTO, LE MAÎTRE VOUS ATTEND, PAR ICI...
MOI... JE RENTRE ...
GRIPP
VOUS NE POUVEZ PAS FAIRE ÇA.
!!
QUI VOUS A PERMIS...
TAC
DE ME TOUCHER ?!
SBAM

ドサッ
SPLAF
NIERK
VEUILLEZ M'EXCUSER, MONSIEUR KENTO.
AH !
ひょい
ZWISH
Quoi ?!
LÂCHEZ-MOI !
ME PORTEZ PAS COMME UNE FILLE !
カッ STAP
カッ STAP
カッ STAP
カッ STAP
カッ STAP
DIRE QUE NOUS N'AVONS PAS PU LE MAÎTRISER À DEUX…
ALFRED EST FORMIDABLE… ♡

Pourquoi tout le monde m'appelle "Monsieur Kento" ?!
Ils me prennent pour quelqu'un d'autre, c'est certain !!
TOC TOC
MAÎTRE ...
JE VOUS AI AMENÉ MONSIEUR KENTO.
Je suis venu ici pour être un majordome, moi !!
MERCI.
Hein ?

Maman ? Non...
Impossible...
ET MON PÈRE ?
IL EST REPARTI.
TOUJOURS AUSSI PEU SOCIABLE, À CE QUE JE VOIS.
QUOI ?
Com-ment ?!
NIERK
MON NEVEU ! JE TE RENCONTRE ENFIN !!
C'EST MOI, TON ONCLE CHRIS !!
GRIPP
Pardooon ?!

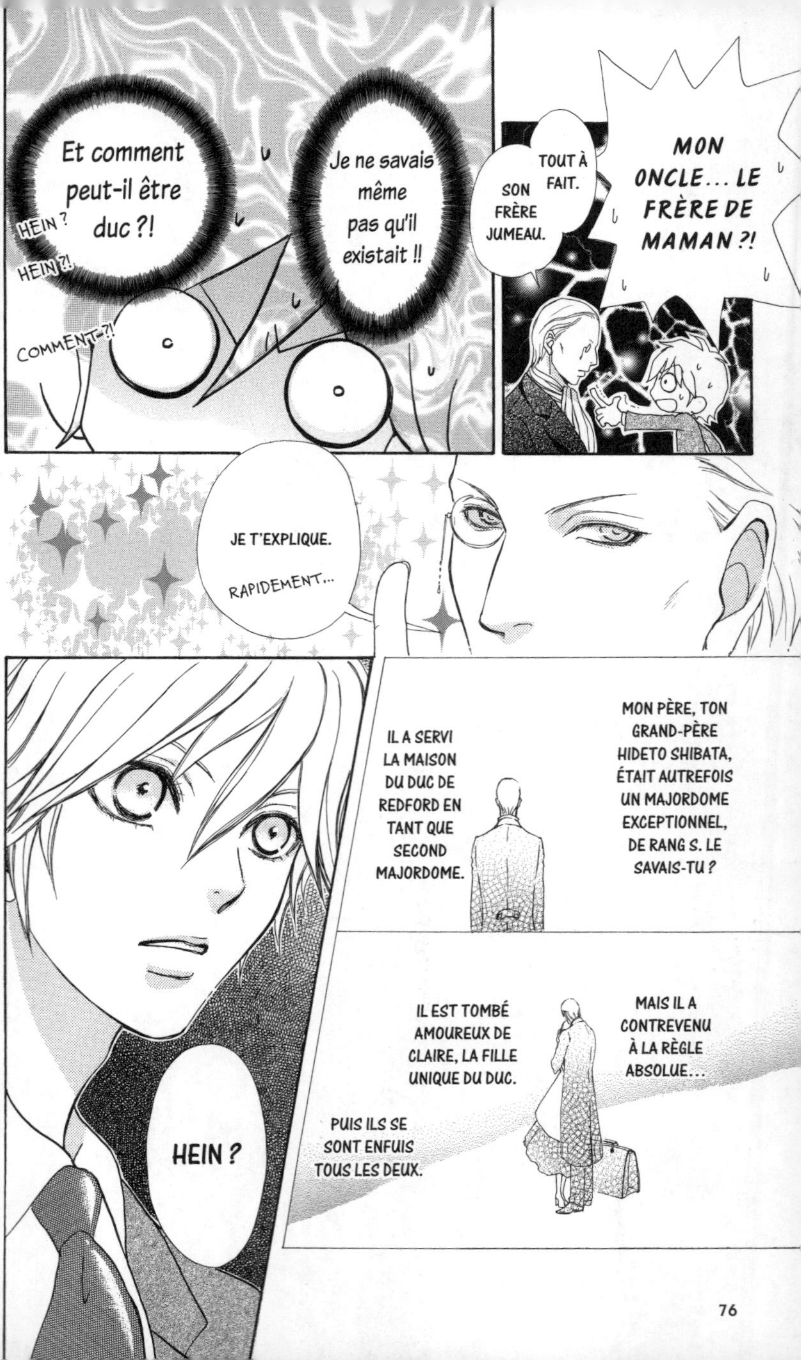
MON ONCLE... LE FRÈRE DE MAMAN ?!
TOUT À FAIT.
SON FRÈRE JUMEAU.
Je ne savais même pas qu'il existait !!
Et comment peut-il être duc ?!
HEIN ?
HEIN ?!
COMMENT-?!
JE T'EXPLIQUE.
RAPIDEMENT...
MON PÈRE, TON GRAND-PÈRE HIDETO SHIBATA, ÉTAIT AUTREFOIS UN MAJORDOME EXCEPTIONNEL, DE RANG S. LE SAVAIS-TU ?
IL A SERVI LA MAISON DU DUC DE REDFORD EN TANT QUE SECOND MAJORDOME.
MAIS IL A CONTREVENU À LA RÈGLE ABSOLUE...
IL EST TOMBÉ AMOUREUX DE CLAIRE, LA FILLE UNIQUE DU DUC.
PUIS ILS SE SONT ENFUIS TOUS LES DEUX.
HEIN ?

ENSUITE, CE FUT NOTRE NAISSANCE, À MOI ET MARIA…
TA MÈRE.
MAIS CLAIRE AVAIT LA SANTÉ FRAGILE…
LORSQUE LE DUC, APRÈS AVOIR REMUÉ CIEL ET TERRE, A FINI PAR LES RETROUVER…
CLAIRE ÉTAIT DÉJÀ MORTE…
MALHEUREUSEMENT, LE DUC DE REDFORD N'AVAIT PAS D'AUTRE HÉRITIER.
IL N'A PAS EU D'AUTRE CHOIX QUE DE M'ADOPTER.
ET LORSQUE LE DUC LUI-MÊME EST DÉCÉDÉ…
J'AI PRIS MA PLACE EN TANT QUE DUC DE LA NOBLE ET ANCIENNE FAMILLE DES REDFORD !!
…

JE VOIS.
TU ES BIEN LE FILS DE MA SŒUR.
TU COMPRENDS VITE.
OUI, MAIS...
INUTILE DE ME DONNER DU "MONSIEUR".
JE SUIS VENU POUR ÊTRE APPRENTI MAJORDOME...
ABSOLUMENT PAS.
À PARTIR D'AUJOURD'HUI, TU ES MON FILS...
TU T'APPELLES À PRÉSENT KENTO REDFORD.

Demeure Hongo, Japon
QU'EST-CE QUE ÇA VEUT DIRE, MAMAN ?!
EXACTEMENT CE QUE TU AS COMPRIS.
NOUS AVONS AUTORISÉ MON FRÈRE CHRIS À T'ADOPTER.
BABAM
ぱり
きっ
POURQUOI AVOIR FAIT ÇA DERRIÈRE MON DOS ?!
QUI EST-CE ?
JE N'EN AI PAS POUR LONGTEMPS.
NOUS N'AVIONS PAS LE CHOIX.
MON FRÈRE EST GAY. IL N'A PAS D'ENFANT.
GAY
...
C'EST UN SECRET !
HA HA HA HA
ET D'AILLEURS, QUAND J'AI VOULU REFUSER...
DANS CE CAS, TU N'AS QU'À PRENDRE LA SUITE DE LA MAISON REDFORD ! APRÈS TOUT, LE SANG DE LA FAMILLE COULE AUSSI DANS TES VEINES !!
ET ÇA, IL N'EN EST ABSOLUMENT PAS QUESTION.
MAIS POURQUOI MOI ?!
Deux adultes de 39 ans qui se disputent comme des enfants.

NE T'EN FAIS PAS.
TON NOM A PEUT-ÊTRE CHANGÉ…
MAIS TU SERAS TOUJOURS NOTRE FILS.
N'ESSAYE PAS DE M'ATTENDRIR AVEC CES HISTOIRES !!
AH ! ÇA SUFFIT !
JE TE LAISSE, JE SUIS OCCUPÉE.
CLIC
…
TUT TUT TUT TUT
MARIA A TOUJOURS EU UN SANG-FROID REMARQUABLE.
LUI, IL FERAIT UN DUC TOUT À FAIT POTABLE.
J'AI UNE IDÉE ! PRENDS PLUTÔT RIHITO, COMME HÉRITIER !
IL EST BIEN MIEUX QUE MOI SUR TOUS LES PLANS !!
RIHI-TO…
IL ME FAIT BIEN TROP PEUR…
NE DÉTOURNE PAS LE REGARD COMME ÇA…

NE M'AP-PRO-CHE PAS !!
GAY + ADORE SA SŒUR + NARCISSISME
HA HA HA HA
QUANT À TOI, TU RESSEMBLES TELLEMENT À MARIA… TU ES SI MIGNON…
DE TOUTE FAÇON, CE QUI EST FAIT EST FAIT.
ALFRED.
OUI !
ZWISH
JE VAIS VOUS GUIDER JUSQU'À VOTRE CHAMBRE.
HAHA…
ARRÊTE DE ME PORTER COMME ÇA !!
C'est à partir de ce jour que le cauchemar a commencé pour moi.
J'ai pourtant tenté de m'enfuir.
Encore …
et encore…
Mais je me faisais toujours reprendre…
par ce majordome !!
HÉHÉ
Dire que je pensais avoir fait des progrès…
sous la direction de Kan-zaki…
Pourquoi ?
TU FERAIS MIEUX DE RENONCER.
PAS QUES-TION…
POUR-QUOI ?

PARCE QUE J'AI JURÉ…
DE DEVENIR LE MEILLEUR MAJORDOME AU MONDE.
JE NE TE DEMANDERAI PAS À QUI TU AS FAIT CETTE PROMESSE.
C'EST UNE CHANCE EXCEPTIONNELLE D'AVOIR RENCONTRÉ QUELQU'UN QUI T'AIT INCITÉ À LA FAIRE.
DODOM
MAIS DANS CE CAS…
NE VOIS-TU DONC PAS QUE TU AS LE PROFESSEUR RÊVÉ POUR LA REMPLIR ? REGARDE…
Hein ?

ALFRED, LE MAJORDOME EN CHEF DE LA MAISON REDFORD...
EST UN MAJORDOME DE RANG S.
C'est vrai...
Il porte le badge doré des majordomes...
Pourquoi ne m'en étais-je pas aperçu ?

Sa présence est tellement naturelle...
Il est très grand et pourtant si peu intimidant.
C'est comme s'il faisait partie du paysage.
Et pourtant...
son autorité sur la maisonnée ne fait pas le moindre doute.
Il suffit de voir les regards pleins de confiance et de respect que les serviteurs portent sur lui.
C'est décidé ! Il sera mon maître !
VOUS VOULEZ DEVENIR MON APPRENTI ?
OUI, S'IL VOUS PLAÎT…
JE VEUX ABSOLUMENT DEVENIR UN MAJORDOME DE PREMIER ORDRE.

COMME VOUS LE VOUDREZ.
Génial !!
PAR CONTRE, CE SERA SEULEMENT LE SOIR, UNE FOIS QUE VOUS AUREZ TERMINÉ TOUS VOS DEVOIRS DE LA JOURNÉE.
ÇA ME VA !!
DE PLUS, JE NE VOUS ENSEIGNERAI RIEN DIRECTEMENT.
PARDON ?
VOUS DEVREZ APPRENDRE EN ME REGARDANT FAIRE...
AUTANT QUE VOUS LE POURREZ.

À partir de ce jour...
j'ai poursuivi mes études normales le matin.
L'après-midi, selon les ordres de mon oncle Chris...
DE NOS JOURS, LES NOBLES NE PEUVENT PLUS SE PERMETTRE DE PASSER LEUR TEMPS À S'AMUSER.
Il n'en a pas l'air, mais il est très capable.
Il a développé de nombreuses affaires qui ont considérablement enrichi la famille Redford.
Il m'a emmené partout. (J'ai appris plus tard qu'on appelait ça une éducation royale.)
てきぱき
DADAM
FIIIX
J'ai bien envie d'essayer ça...
FLOLOP
うずうず...
QUOI ?!
IL NE REGARDE QUE LES HOMMES !
C'EST BIEN LE FILS DE SON PÈRE !
Dans des fêtes pour m'habituer au beau monde...
OOH
QUOI ? LE FILS DU DUC ?
COMME IL EST MIGNON.
Et la nuit...
ギンギン
DZIII
IL EST BIZARRE, LE FILS DU MAÎTRE...
HA HA...

ALORS ? COMMENT ÇA SE PASSE, AVEC KENTO ?
IL A VRAIMENT ÉTÉ TRÈS BIEN ÉLEVÉ.
IL A DÉVELOPPÉ UNE BONNE RÉPUTATION DANS LE BEAU MONDE...
CE N'EST PAS DE ÇA QUE JE VEUX QUE TU ME PARLES.
MÂLE
FROT FROT
LE SANG DES SHIBATA COULE DÉCIDÉMENT BIEN DANS SES VEINES.
IL N'Y A PERSONNE DANS CETTE DEMEURE QUI SOIT À SA HAUTEUR.
À PART TOI, JE SUPPOSE ?
AAH !
BIEN SÛR.
JE ME SOUVIENS D'AILLEURS QUE VOUS NOUS SUIVEZ SOUVENT VOUS AUSSI, À TRAVERS LE CHÂTEAU...
MU HA HA HA HA HA HA
AAAH ! C'EST LE SANG DES SHIBATA EN MOI !!
SI SEULEMENT JE LE POUVAIS, J'ARRÊTERAIS D'ÊTRE DUC...
MAÎTRE CHRIS...
À CE PROPOS...
LE VIEUX KINTARO N'A PAS ARRÊTÉ DE M'ENVOYER DES MES-SAGES.
MONSIEUR KINTARO HONGO ?
IL M'A PARLÉ D'UN ÉVÉNEMENT TRÈS INTÉRESSANT QU'IL VA ORGANISER.

KENTO.
AS-TU L'INTENTION DE TE MARIER ?
PARDON ?
Kento Shibata Redford, au printemps de ses dix-sept ans.
FWH
VOICI L'HÉRITIÈRE QUI T'EST PROPOSÉE.
ENFIN, SI ÇA TE DIT, BIEN SÛR.
ピラ
FLAP
Pas question, idiot.
!!

LA RENCONTRE SE FERAIT À LA PENSION SAINTE LUCIA, AU JAPON…
QU'EN DIS-TU ?
JE…
JE VEUX Y ALLER ! LAISSE-MOI Y ALLER !
Mei !!
D'ACCORD, MAIS FINIS D'ABORD CETTE TÂCHE ! ♡
HA HA HA HA HA HA
FLAP FLAP FLAP
C'est pour ça qu'il est en retard par rapport aux autres.

BONSOIR, SHIBATA ! ♥
Moi, épouser Mei ?!
Mei ? Ma femme ?!
FUJIKO M'A PRÊTÉ SES AFFAIRES. ♥
Ce qui voudrait dire...
que je pourrais lui faire ça... et ça...
TU PEUX, ON EST MARIÉS ! ♥
AAAHN ! PAS LÀÀÀ...
PLIC PLIC PLIC PLIC
MEI ! JE T'AIME...
JE CROIS QU'IL VA FALLOIR LUI DONNER PLUS À FAIRE.

*N.D.T. : Omotesando est l'avenue principale de Shibuya, l'un des quartiers les plus à la mode de Tokyo.

C'est par ici... J'en suis sûr !!
Enfin, je crois...
Je me demande ce que Mei va penser quand elle va me voir...
Je suis plus grand... et ma voix a changé...
ドン
BOM
?!
べちょっ
SPLAT
EXCUSEZ-MOI !
Mei !!
JE...
JE T'AI CHERCHÉE PARTOUT !
MOCHE... TÉ...

Pourquoi elle pleure ?
À cause de qui ?
MADE-MOISELLE MEI !!
Impossible...

À cause
de lui !!

Pourquoi elle pleure ?
À cause de qui ?
MADE-MOISELLE MEI !!
Impossible...

À cause
de lui !!

Un majordome de rang S doit bien sûr posséder des capacités et une technique hors pair, mais le plus important est sa beauté physique. C'est-à-dire un majordome dont on est fier et que les autres rêvent d'avoir.
(voir tome 6.5)

60 moutons

SHITSUJI MEI CHAN NO SHITSUJI MEI CHAN NO

(suite)
Par conséquent, même si on m'a donné à l'avance le scénario de l'adaptation télévisée de la série, j'ai décidé d'arrêter de le lire vers le milieu. J'ai fait comme les autres, je regardais la diffusion du mardi soir, à neuf heures !
Pour moi, ces adaptations sont comme des mondes parallèles. L'histoire d'une Mei d'un autre monde. Un monde hypothétique... C'est pour cette raison que je préfère qu'elles soient créées sans trop se soucier du manga original. Du moment que vous appréciez les Mei de ces différents mondes, ça me suffit. (En fait, c'est probablement à moi de me donner un peu plus de mal... Aah... Il faut que mon manga soit plus intéressant !!)

GRIP
ESPÈCE DE…
NON…
ATTENDEZ ! IL NE VOUS A RIEN FAIT !!
C'EST DE MA FAUTE !!
RIHITO.
J'AI SALI LES HABITS DU MONSIEUR…
ARGH !
JE SUIS VRAIMENT DÉSOLÉE !! JE N'AI PAS D'ARGENT SUR MOI, MAIS JE VOUS PROMETS DE VOUS REMBOURSER LE NETTOYAGE !!
BRR
…
PFH
NE VOUS EN FAITES PAS. IL PEUT TRÈS BIEN LA LAVER TOUT SEUL.
HEIN ?

ON DIRAIT BIEN QU'IL A SUFFI DE QUATRE ANS...
POUR QUE MADEMOISELLE MEI T'AIT COMPLÈTEMENT OUBLIÉ.
Quoi ?
Non...
Ne me dites pas...

SHIBA... TA ?

T'EN AS MIS DU TEMPS…
MAIS… EUH…
T'ES SI GRAND ! ET TA VOIX A CHANGÉ…
PAR CONTRE, TOI, TU N'AS PAS CHANGÉ…
AH…
MOI AUSSI, J'AI GRANDI, FIGURE-TOI !!
NON… TU ES TOUJOURS PAREILLE.
LA MÊME MEI QU'AUTREFOIS.

VLAF !
EXCUSEZ-MOI, MADEMOISELLE.
C'EST L'HEURE DE PRENDRE L'HÉLICOPTÈRE POUR RENTRER.
AT-TENDS !!
GRMPF !!
HÉ ! STOP !
ARGH !
SUIVEZ CETTE VOITURE !!
EUH... OUI...
...
IL EST ENFIN REVENU.
PARDON ?
NON... RIEN.
AU FAIT...
POUR TOUT À L'HEURE...
DODOM !

Tout à l'heu-re ?
"POURQUOI TU NE M'EMBRASSES PLUS, CES DERNIERS TEMPS ?!"
Ah, ça...
C'est drôle...
mais je n'ai plus envie de savoir pourquoi...
L'AMOUR ENTRE UN MAJORDOME ET SA MAÎTRESSE EST INTERDIT…
AU CAS OÙ UNE TELLE CHOSE ARRIVERAIT, JE SERAIS OBLIGÉ DE VOUS QUITTER.
JE LE SAIS.
ENCORE CETTE HISTOIRE DE RANG DIFFÉRENT …
MAIS JE…
NÉANMOINS …
MAÎTRE KINTARO M'A DÉJÀ ORDONNÉ DE VOUS ÉPOUSER, AUPARAVANT.

Hein ? Kwaaah ?!
QUE... QUAND ?!
IL Y A QUATRE ANS... JUSTE AVANT VOTRE ARRIVÉE À SAINTE LUCIA.
Quoi ?
Ça fait déjà aussi longtemps ?! Et le résultat, c'est ça ?! Cette situation où je suis obligée de vivre sans baisers et sans câlins ?!
Ce qui veut dire que Rihito n'a pas le moindre intérêt pour moi, alors...
BIEN SÛR, J'AI IGNORÉ CET ORDRE...
Je comprends, mais...
...
CAR... J'AI UN RÊVE...

Hein ?
QUEL RÊVE ?
D'ÊTRE LE MAJORDOME DE LA JEUNE FILLE LA PLUS ACCOMPLIE AU MONDE ?
OUI.
Ah...
VOUS VOUS SOUVENEZ ...
CE QUE VOUS M'AVEZ PROMIS, À CE MOMENT-LÀ...
"JE FERAI TOUT CE QUE JE PEUX !!"
C'EST UN PEU BIZARRE DE MA PART DE DIRE ÇA, MAIS J'AI PENSÉ QUE C'ÉTAIT BIEN DE VOUS, DE ME PROMETTRE UNE TELLE CHOSE.
AH !
EH BEN... C'EST-À-DIRE ...
MAIS ÇA M'A FAIT EXTRÊMEMENT PLAISIR, EN RÉALITÉ.
Je voulais tellement l'aider à réaliser son rêve... C'est sorti tout seul...

JE PENSE QUE VOUS EN ÊTES TOUT À FAIT CAPABLE.
SINON, JE ME SERAIS DÉJÀ LASSÉ D'ÊTRE À VOTRE SERVICE DEPUIS LONGTEMPS.
TU TE LASSES FACILEMENT, RIHITO ?
ASSEZ, OUI. OU PLUTÔT, JE JUGE LES GENS ASSEZ RAPIDEMENT.
ET PAR CONSÉQUENT, JE N'ÉCOUTE QUE RAREMENT LES CONSEILS DE MAÎTRE KINTARO.
...
MAIS IL ME SUFFIRAIT D'UNE SEULE SECONDE...
SI SEULEMENT JE POUVAIS ÊTRE À VOS CÔTÉS QUAND VOUS SEREZ DEVENUE UNE VRAIE LADY...

EN TANT QUE VOTRE MAJORDOME...

ET SI À CE MOMENT-LÀ...
VOUS TENIEZ ENCORE À MOI...
Quoi ?!
PARDON... JE SUIS UN PEU COMPLIQUÉ, JE SAIS.
JE N'AVAIS PAS L'INTENTION DE VOUS PARLER DE ÇA...
JE SUIS PROBABLEMENT LE MAJORDOME LE PLUS CAPRICIEUX QUI EXISTE...
...
MAIS SI VOUS EN AVEZ LA PATIENCE...
GARDEZ ENCORE UN PEU CE CAPRICIEUX MAJORDOME À VOS CÔTÉS...

D'ACCORD...
C'est vrai qu'il est compliqué et étrange...
Pourtant...
je l'adore...
...
Tiens ?
EUH... MAIS... QUEL RAPPORT AVEC L'ABSENCE DE BISOUS, EXACTEMENT ?
TU M'EN FAISAIS, IL Y A QUATRE ANS...
Elle insiste.
...

À L'ÉPOQUE, VOUS N'AVIEZ ENCORE QUE TREIZE ANS…
MAIS MAIN-TENANT…
MAIN-TENANT ?
…
IL VAUT MIEUX NE PAS TROP ME PROVOQUER.
?!
APRÈS TOUT, JE NE SUIS QU'UN HOMME…

ドクン…
DODOM
Ce...
ドクン…
DODOM
ドクン…
DODOM
Ce qui veut dire...
ドクン…
DODOM
POOF

Un héliport, quelque part à Shibuya
AH !
TU EN AS MIS DU TEMPS, MEI !
DÉSOLÉE…
PARDONNEZ-MOI, C'EST DE MA FAUTE…
BAM
UNE PETITE SECONDE, RIHITO !!
J'AVAIS PAS FINI DE PARLER !!
C'EST VRAIMENT JUNIOR ! ♡
OOH ♥
AH OUI.

J'AI L'IMPRESSION DE L'AVOIR DÉJÀ VU...
QUI EST-CE ?
HUM...
BIENVENUE, JUNIOR !!
TU NE PEUX PLUS TE DÉGUISER EN FILLE (HÉLAS).
GRIPP
BOM
T'ES PAS MAL DU TOUT, DIS DONC !!
IL EST PLUS GRAND QUE MOI...
J'ESPÈRE QUE TU T'ES UN PEU AMÉLIORÉ ?
KAN-ZAKI...
FWH
!!
WOUSH

VLAF
ひょおおおお
PFIUUUH
PFH
MATCH NUL CONTRE PRINCESSE TAMI ?
PAS MAL DU TOUT.
HEIN ?
スッ
FWH
Princesse... Tami ?
Ça ? C'est une blague ?

TOI AUSSI, TU ES UN ENNEMI ?
AU FAIT, SHIBATA, QU'EST-CE QUE TU FICHES ICI ?
T'AS FINI TES ÉTUDES DANS TON ÉCOLE ANGLAISE DE MAJORDOMES ?
QUOI ?
QU'EST-CE QUE TU RACONTES ?
JE SUIS LÀ POUR TE…
?

MEI ! ♡
ARGH
OÙ ÉTAIS-TU PARTIE ? JE T'AI CHERCHÉE PARTOUT !!
REGARDE !
JE T'AI ACHETÉ TOUT PLEIN D'HABITS À CROQUER...
FWH
...

ON PEUT SAVOIR QUI T'A AUTORISÉ À L'APPELER PAR SON PRÉNOM ?
CRÉTIN.
LÀ, IL PARLE EN JAPONAIS.
PARDON ? ET T'ES QUI, PAUVRE DÉBILE ?

AH LÀ LÀ.
DÉSOLÉ, IL N'EST ENCORE QU'UN APPRENTI MAJORDOME…
バッ
VLAFF
カッ
ON VA LUI FAIRE LA LEÇON, NE VOUS EN FAITES PAS…
IL S'APPELLE KENTO, C'EST LE PETIT FRÈRE DE SHIBATA.
ギロッ
GRR !
LE PETIT FRÈRE DE RIHITO SHIBATA ?
…
ET IL SE PERMET DE ME PARLER DE CETTE MANIÈRE ?!

DIS DONC, SHIBATA !!
POURQUOI TU CHERCHES LA BAGARRE ? ON CROIRAIT UN GOSSE !!
TU ME FAIS HONTE.
MAIS C'EST LUI QUI…
AUSSI GAMIN L'UN QUE L'AUTRE…
C'EST VRAI…
VOUS VOUS TROMPEZ.
JUNIOR N'EST PAS REVENU EN TANT QU'APPRENTI MAJORDOME.
COMMENT ?!
SON NOM COMPLET…
EST KENTO SHIBATA REDFORD…
?!

IL EST ICI EN TANT QU'HÉRITIER DU DUC DE REDFORD…
ET EN TANT QUE PRÉTENDANT À LA MAIN DE MEI.
Quoi ?
MEI…
FWH

ÉPOUSE-MOI CE SOIR !!
Note : il est habillé comme ça dans sa tête…
Par-dooon ?!!

MEI, GARDIENNE DE ~~MOUTONS~~ MAJORDOMES, LA PLUS FAIBLE ET LA PLUS TÊTE EN L'AIR AU MONDE, MAIS QUI MANIPULE SANS PROBLÈME LE PLUS INTELLIGENT DES ~~MOUTONS~~ MAJORDOMES DE RANG S (PLUS UN AUTRE).
EN FAIT, C'EST ÇA, CE MANGA... Y'A PAS DE DOUTE.

61 moutons

S

MEI CHAN NO SHITSUJI MEI CHAN NO SHITSUJI

Je me suis rendue sur le tournage. Aah, toutes ces filles en minijupes et en bas mi-longs ! Tous ces beaux et grands garçons en costumes de majordomes !! Je me serais crue dans un de mes fantasmes !! (Du calme) Surtout Nana Eikura, avec son petit visage et ses longues jambes. Maintenant que j'ai pu la voir en action, je peux mourir heureuse... (Bon, ça suffit, je me tais...) Et Milk était géniale !!

ENFIN BON. MERCI D'ÊTRE VENUS D'AUSSI LOIN, MAIS VOUS N'ÊTES PAS DE TAILLE.
DU BALAI !
GRMPF
BYE-BYE !
N'EST-CE PAS MEI ? ♡
SI TU M'ÉPOUSES, TU SERAS UNE DUCHESSE ! ♡
カチーン
GRMPF !
くるっ
WOUSH
EUH... MEI ?
TU ÉTAIS BIEN MIEUX AVANT, SHIBATA !!

HEIN ? QUOI ?! QU'EST-CE QUE TU RACONTES ?!
TU AS ABANDONNÉ TON POSTE DE MAJORDOME. TU N'AS PLUS LE DROIT DE L'APPROCHER COMME TU LE VEUX.
ALLEZ, LE DORTOIR DES HÉRITIERS, C'EST PAR ICI.
NE... NEZU...
FAISONS COMME D'HABITUDE... N'EST-CE PAS, KENTO ?
MAIS... MAIS NON !!
NOUS N'APPARTENONS PLUS AU MÊME MONDE.
HÉLAS...

COMME ÇA, MONSIEUR A OBTENU UN RANG QUI LUI PERMET D'ÊTRE SUR UN PIED D'ÉGALITÉ AVEC NOS MAÎTRESSES...
SALE TRAÎTRE !
...
N'IMPORTE QUOI !!
C'est quoi, cette attitude ?!
Quatre ans sans le voir, et mini-Shiba se transforme en débauché !!

Avec le prince du pétrole, ils font la paire, oui !!
YOU ! SOIS MA DUCHESSE !!
JE FERAI DE TOI MA PREMIÈRE ÉPOUSE !
HA HA HA HA HA HA
Autrefois...
il était plus...
MAIS COMMENT JUNIOR PEUT-IL FAIRE PARTIE DE LA FAMILLE REDFORD ?
EH BIEN…
VU QUE LE FRÈRE JUMEAU DE NOTRE MÈRE EST LE DUC DE REDFORD…
JE PENSE QU'IL A DÛ L'ADOPTER.
L'ADOP-TER ?!
TON ONCLE EST UN DUC ?!
TU PENSES ?! TU NE LE SAVAIS PAS ?!
Que de mystères en une seule phrase...
MA… MADE-MOISELLE SHINO-NOME !!

NOUS AVONS REÇU UN APPEL DE LA RÉSIDENCE HONGO…
MONSIEUR KINTARO HONGO A EU UNE ATTAQUE !!
Grand-père ?!
Demeure Hongo
NOUS VOUS ATTENDIONS, MADEMOISELLE MEI.
CO… COMMENT VA-T-IL ?
IL EST EN RÉMISSION…
MAIS IL PEUT SUBIR UNE NOUVELLE ATTAQUE À TOUT MOMENT…

GRAND-PÈRE !
VLAM
OOH ...
MEI, TE VOILÀ ...
IL FAUT QU'IL RESTE CALME.
ALORS, ÇA T'A PLU, SHIBUYA ?
OUI...
TANT MIEUX...
JE SUIS DÉSOLÉE...
JE NE SAVAIS PAS QUE TU ÉTAIS MALADE...
Que ta santé était aussi faible...
MAÎTRE...

J'AI ÉTÉ STUPIDE…
LORSQUE VOUS AVEZ COMMENCÉ À FAIRE VENIR CES PRÉTENDANTS…
J'AURAIS DÛ ME RENDRE COMPTE DE LA SITUATION…
PFH
Quoi ?!
JE M'ÉTAIS IMAGINÉ POUVOIR TENIR BIEN PLUS LONGTEMPS…
MAIS LES DOCTEURS NE ME DONNENT PAS PLUS DE TROIS MOIS.
Trois mois…
OH NON…

COMMENT SE PORTE IZUMI RYUONJI ?
JE NE L'AI PAS VUE DEPUIS LE NOUVEL AN.
Hein ?
QUANT À RIKA, FUJIKO ET CLARISSE, JE NE LES AI RENCONTRÉES QU'UNE FOIS QUAND ELLES ÉTAIENT PETITES. JE NE ME SOUVIENS PAS BIEN D'ELLES…
QUANT À PRINCESSE TAMI… APPAREMMENT, ELLE SE PORTE TRÈS BIEN.
MAIS JE CORRESPONDS TOUJOURS PAR MAILS AVEC LA MÈRE DE MILK.
CO… COMMENT TU LES CONNAIS ?!
C'EST ÇA, DE VIVRE LONGTEMPS. ON RENCONTRE BEAUCOUP DE GENS.
ON PEUT D'AILLEURS DIRE QUE C'EST GRÂCE À CES RENCONTRES QUE J'AI PU AMASSER MA FORTUNE.
MEI…
J'AIMERAIS QUE TU TE FASSES DE MEILLEURES RELATIONS QUE LES MIENNES.
DE MEILLEURES RELATIONS ?
IL TE FAUT UNE FAMILLE.

IL FAUT QUE TU DÉCIDES QUI SERA TON ÉPOUX AVANT TON DIX-HUITIÈME ANNIVERSAIRE…
DANS UN MOIS, LE 7 MAI.
JE TE LAISSE DÉCIDER COMMENT.
QU'ILS S'AFFRONTENT PAR LES ARMES OU LA PAROLE, ÇA M'EST ÉGAL.
RIHITO !
JE TE CHARGE D'ORGANISER TOUT ÇA.

PARDON… MEI…
G… GRAND-PÈRE !!
SI SEULEMENT J'AVAIS VÉCU PLUS LONGTEMPS, J'AURAIS ÉTÉ CAPABLE DE RESPECTER TA VOLONTÉ, MAIS…
LE CLAN HONGO N'EST PAS AUSSI FACILE À PORTER QUE TU LE CROIS. C'EST UNE TÂCHE BIEN TROP LOURDE POUR TES SEULES ÉPAULES…
LORSQUE JE SERAI MORT, TU N'AURAS PLUS PERSONNE SUR QUI COMPTER, PERSONNE POUR TE SOUTENIR… TU N'AURAS PLUS RIEN…
C'EST POURQUOI, AVANT QUE ÇA N'ARRIVE…
TANT QUE J'AI ENCORE DU POIDS DANS CE MONDE…
UH !
GRAND-PÈRE !!
MADEMOISELLE, ÉCARTEZ-VOUS.
VITE, L'ANALGÉSIQUE !
OUI !!
ÉCOUTE BIEN, MEI… CE QU'IL TE FAUT…
C'EST UNE FAMILLE…

UN MAJORDOME, CE N'EST PAS SUFFISANT...
バラ FLAP
バラ FLAP
バラ FLAP
バラ FLAP...

...
バラ FLAP
バラ FLAP
バラ FLAP
バラ FLAP
...

LE BANQUET EST FINI.
BIEN. ALLONS À LA RENCONTRE DE CE NOUVEAU "MONSTRE".
STAP
STAP
STAP
STAP
STAP

Salle de réunion des sixième année, pension Sainte Lucia
J'ESPÈRE QUE MEI VA BIEN…
IL EST SI VIEUX QUE ÇA, KINTARO HONGO ?
PERSONNE NE SAIT QUEL EST SON VRAI ÂGE.
UN VRAI MONSTRE, EN EFFET…
ÇA NE SERT À RIEN DE RESTER ICI, IZUMI.
ON FERAIT MIEUX DE SE COUCHER.
POURTANT…
QUAND LES CHOSES ONT MAL TOURNÉ POUR NOUS, MEI EST TOUJOURS RESTÉE À NOS CÔTÉS.
…
C'EST À NOTRE TOUR DE L'AIDER.
NOUS DEVONS SOUTENIR MADEMOISELLE SHINONOME !!
TU AS RAISON.

じ
FIIIX
くるっ
ZWIP !
FRCHT
?
Et merde...
Je n'ai pas abandonné mon poste...
TU AS ABANDONNÉ TON POSTE DE MAJORDOME. TU N'AS PLUS LE DROIT DE L'APPROCHER COMME TU LE VEUX.
C'est juste que...
je voulais être encore plus proche d'elle...

Et voilà le résultat...
Je suis sûr qu'elle est désespérée, en ce moment...
Et je ne peux rien faire pour l'aider...
VOTRE ATTENTION S'IL VOUS PLAÎT.
MADEMOISELLE MEI VIENT D'ARRIVER.
TAC
Mei...
ALORS ? COMMENT VA-T-IL ?

GRAND-PÈRE...
TROIS MOIS... IL N'A PLUS QUE TROIS MOIS À VIVRE !
ポロ
PLIC

Mei...
ON REMET LA COMPÉTITION, DANS CE CAS ?
NON, ELLE CONTINUE.
?!
J'AI UN MESSAGE POUR VOUS DE LA PART DE MAÎTRE HONGO.

"DANS UN MOIS, LE 7 MAI, AVANT SON DIX-HUITIÈME ANNIVERSAIRE ...
MEI DEVRA DÉCIDER DE QUI SERA SON ÉPOUX...
JE LUI LAISSE LE SOIN DE DÉCIDER COMMENT. QUE VOUS VOUS AFFRONTIEZ PAR LES ARMES OU LA PAROLE, ÇA M'EST ÉGAL."
VOILÀ.
QUE... QU'EST-CE QUE C'EST QUE CETTE HISTOIRE ?
IL POURRAIT UN PEU PENSER À MEI !!
INTÉRES-SANT !!
ALORS ? QUE DÉCIDEZ-VOUS ?
KINTARO HONGO NOUS DIT DE DÉCIDER ÇA PAR LES ARMES SI ÇA NOUS CHANTE !!

DÉCIDER ?
ON NOUS A AMENÉS ICI DE FORCE !
QUE DÉCIDEZ-VOUS, MONSIEUR DAMIEN ?
MH... JE POURRAIS BIEN PARTICIPER...
À VOS ORDRES.
LA FAMILLE YAN PARTICIPERA ÉGALEMENT.
KOF KOF
D'APRÈS MON MAÎTRE.
Ils étaient là, eux ?!
MOI AUSSI, JE PARTICIPE !!
Ta... Tami ?!
ELLE RÉVÈLE ENFIN SON VRAI VISAGE...

MAIS TOI ?
QU'EST-CE QUE TU VEUX FAIRE, MEI ?
ÇA N'EST PAS ÇA LE PLUS IMPORTANT ?!
Ce que je veux faire...

"J'AI UN RÊVE..."
Non...
Je ne peux pas le lui dire...
FWH
Hein ?!

カッ
STAP
DANS CE CAS…
VOUS DEVREZ ME PASSER SUR LE CORPS.
SEUL CELUI D'ENTRE VOUS CAPABLE DE ME VAINCRE…
SERA L'HOMME DIGNE D'ÊTRE L'ÉPOUX DE MA MAÎTRESSE.

JE VOUS ATTENDS, MES JOLIS.
ÊTES-VOUS PRÊTS À ME COMBATTRE ?
TANT QUE VOUS NE M'AUREZ PAS VAINCU, JE NE VOUS LA LAISSERAI PAS.
Ri... Rihito ?!

À propos du système de majordomes

À l'origine, il était commun qu'il n'y en ait qu'un par maisonnée. Il dirigeait les serviteurs masculins, le ménage, ainsi que les finances de la maison. Mais de nos jours, il est à la mode d'avoir en plus du majordome-secrétaire au service du chef de famille, un second majordome au service de son héritier en titre. D'autant plus qu'à l'orée du vingt et unième siècle, l'accroissement du nombre de nouveaux riches qui ont adopté le système des majordomes a créé un boom dans leur nombre.

La bataille pour obtenir les majordomes les plus efficaces s'est bien sûr intensifiée, leur salaire se montant à plusieurs centaines de millions de yens* à l'année pour le rang le moins élevé, voire plus, dépassant celui d'une star ou d'un athlète renommé.

Pour intégrer la pension Sainte Lucia, une élève doit être accompagnée d'un majordome licencié (c'est-à-dire qui a passé l'examen de l'union internationale des majordomes et a obtenu son diplôme). Ce majordome s'occupe de tout ce qui touche à sa maîtresse, lui servant à l'occasion aussi bien de répétiteur que de garde du corps. Ce système est nécessaire pour renforcer entre le majordome et sa maîtresse la relation de confiance sur laquelle elle s'appuiera lorsqu'elle prendra la tête de sa famille.

Autrefois, il était de coutume d'être d'abord apprenti en tant que simple serviteur dans la maisonnée avant d'intégrer une école de majordomes pour obtenir un diplôme, mais ces derniers temps, les futurs majordomes intègrent tout de suite une école où leur sont enseignées les bases du métier de serviteur. Les progrès du nouveau programme de ces écoles permettent à présent de former en peu de temps des majordomes accomplis. C'est également à cela que l'on doit le jeune âge des nouveaux majordomes. (Il y a trente ans, l'âge moyen d'obtention du diplôme était de quarante et un ans. Il est passé à vingt-huit ans.) Ceci est bien sûr lié à la demande pour des majordomes plus jeunes et plus beaux. Leur âge moyen est en nette diminution et il n'est pas rare de rencontrer des majordomes qui n'ont pas encore atteint la vingtaine.

Malheureusement, cette baisse de l'âge moyen ne vient pas sans quelques inconvénients, comme le manque d'expérience, qui les empêche de réagir correctement dans des situations inédites. De plus, leur familiarité de fait avec la crème de la crème depuis leur plus jeune âge rend ces majordomes plutôt impatients et nombreux sont ceux qui sont incapables d'apprécier les joies de leur travail et, finissant par s'en lasser, le quittent. Ce ne sont que quelques exemples parmi d'autres problèmes. Un autre problème alarmant, spécialement au sein des majordomes au service de jeunes maîtresses, est la naissance d'une relation amoureuse entre les deux. Il est nécessaire d'instiller le plus tôt possible dans l'esprit des apprentis majordomes que le mariage d'une célébrité est soumis à de nombreuses contraintes, tant politiques qu'économiques, et que tout contrevenant à la règle sera très durement puni, la peine pouvant aller jusqu'au retrait de leur certificat de majordome.

*N.D.T. : un million de yens équivaut à un peu moins de 9000 euros.

62 moutons

SHITSUJI MEI CHAN NO SHITSUJI MEI CHAN NO

Ces majordomes étaient vraiment superbes, ma bonne dame !!

Mizushima est d'une élégance à tomber par terre…♡ Et Sato ne passe pas inaperçu, avec ses yeux ! ♡ Et les proportions de Mukai… C'était au point que je me serais crue dans un manga !! Quand j'étais aux studios d'Odaiba et que je l'ai vu marcher de dos, en contre-jour dans son costume blanc, j'ai cru que j'allais tomber dans les pommes !! (C'est grave, quand même !) Je suis vraiment très satisfaite du casting !! Merci aux responsables télé qui ont tout organisé !!

IL EST NORMAL …
IL SE CONDUIT COMME SI DE RIEN N'ÉTAIT…
Malgré ce que grand-père lui a dit.
"UN MAJORDOME, CE N'EST PAS SUFFISANT…"
DANS CE CAS, VOUS DEVREZ ME PASSER SUR LE CORPS !!
キラーン GLING
TANT QUE VOUS NE M'AUREZ PAS VAINCU, JE NE VOUS LA LAISSERAI PAS !!
VOUS L'AVEZ ENTENDU ?! ♡
OH LÀ LÀ ! ♡ ♡ J'AIMERAIS TANT QUE NEZU DISE ÇA, LUI AUSSI… ♡ ♡
きゅん PUIC
きゅん PUIC
COMME ÇA, SANS RAISON ?
SI C'ÉTAIT AOYAMA …
SI C'ÉTAIT DAIMON …
SI C'ÉTAIT LÉON …
IL LE DIRAIT.
Argh ! Me dire ça en face !
Dans le cas d'Izumi …
TANT QUE VOUS NE M'AUREZ PAS VAINCUE, JE NE VOUS LAISSERAI PAS KIBA !!
?

POURQUOI FAIS-TU CETTE TÊTE ? TON MAJORDOME EST TRÈS FORT !
...
GRAND-PÈRE A DIT...
QU'ÉPOUSER UN MAJORDOME NE SERAIT PAS SUFFISANT...
Un majordome... ne fera pas le poids...

HUUM
CRIC CRIC
J'AI L'IMPRESSION D'AVOIR DÉJÀ VU LE MANAGER DE CETTE IDOLE QUELQUE PART…
JE N'ARRIVE PAS À ME RAPPELER…
CRIC CRIC CRIC
TU EN FAIS UNE TÊTE DEPUIS CE MATIN, KIBA…
D'AILLEURS… TIENS, MAIS OÙ EST-IL PASSÉ ?!
JE VIENS À PEINE DE RÉALISER QU'IL N'ÉTAIT PLUS LÀ.
APPAREMMENT, C'ÉTAIT SON MANAGER QUI ÉTAIT LE PRÉTENDANT.
QUOI ?! VRAIMENT ?!
VOUS AVEZ FINI DE DISCUTAILLER COMME DES PIES ?
KIBA, J'AI DÉJÀ ACCORDÉ CET INSTRUMENT !
PYONG
Quelle tête en l'air !!
KIBA !!
FWH
JE VAIS M'EN CHARGER !

GRMPF !
IL EST IRRÉSIS-TIBLE...
JE COMPRENDS LES FILLES...
TING
ÇA NE SERT À RIEN DE RETENDRE LES CORDES SI LE SON QUI SORT N'EST PAS BON !!
FWH

Un violon de bonne qualité + un majordome de rang S = un quasi-Stradivarius !!
INCROYABLE
COOL
FWH
C'EST BON, ON DIRAIT.
...
RIHITO...

QUELQUE CHOSE TE TRACASSE ?
HEIN ?
OUI…
UN PEU…
TU PEUX NOUS EN PARLER, TU SAIS…
NOUS SERONS TOUJOURS DE VOTRE CÔTÉ, À TOI ET MADEMOISELLE SHINONOME.

MERCI.
LE RANG C DOMINE LE RANG S. ON AURA TOUT VU…
IL ASSURE, KIBA…
AU FAIT OÙ EST L'OBSÉDÉ MAL RASÉ ?
TU PARLES DE NEZU ?
IL EST PARTI AVEC JUNIOR TOUT À L'HEURE…
ALORS ?
QUE PUIS-JE FAIRE POUR VOUS, MONSIEUR KENTO ?

QUELQUE CHOSE TE TRACASSE ?
HEIN ?
OUI...
UN PEU...
TU PEUX NOUS EN PARLER, TU SAIS...
NOUS SERONS TOUJOURS DE VOTRE CÔTÉ, À TOI ET MADEMOISELLE SHINONOME.

MERCI.
LE RANG C DOMINE LE RANG S. ON AURA TOUT VU…
IL ASSURE, KIBA…
AU FAIT OÙ EST L'OBSÉDÉ MAL RASÉ ?
TU PARLES DE NEZU ?
IL EST PARTI AVEC JUNIOR TOUT À L'HEURE…
ALORS ?
QUE PUIS-JE FAIRE POUR VOUS, MONSIEUR KENTO ?

ÇA SUFFIT…
ARRÊTE, QUOI…
S'IL TE PLAÎT…
HA HA HA HA HA
ALORS ?
DE QUOI VOULAIS-TU ME PARLER ?
JE ME DEMANDAIS JUSTE…
CE QUI S'ÉTAIT PASSÉ ENTRE EUX PENDANT QUE J'ÉTAIS PARTI…
C'EST TOUT…
JE VOIS ! ♡
JE VOIS ! ♡
ÇA TE TRAVAILLE, HEIN ?♥
MAIS NON ! PAS DU TOUT !!
DE TOUTE FAÇON, QUOI QUI SE SOIT PASSÉ…
JE N'AI PAS LA MOINDRE INTENTION DE RENONCER…
TCHIC

TU N'AS PAS À T'EN FAIRE.
IL SUFFIT DE REGARDER MEI. ELLE EST INCAPABLE DE MENTIR.
HA HA...
JE TE PARIE TOUT CE QUE TU VEUX QU'IL NE S'EST RIEN PASSÉ ENTRE EUX.
OUF
PAR CONTRE, JE NE SAIS PAS OÙ ILS EN SONT QUESTION SENTIMENTS.
LES CHOSES SE SONT PEUT-ÊTRE AGGRAVÉES.
SURTOUT DU CÔTÉ DE TON FRÈRE...
ENFIN, TU DEVRAIS LUI PARDONNER. C'EST TOI QUI LA LUI AS LAISSÉE PENDANT QUATRE ANS...
C'EST DUR POUR LUI...
CE N'EST PAS FACILE POUR MOI NON PLUS...

PEUT-ÊTRE QU'IL ATTENDAIT QUE TU REVIENNES…
HEIN ? MOI ?
QUI ÇA ?
TON FRÈRE.
IL EST TROP FIER POUR PROFITER DE L'ABSENCE DE SON RIVAL.
ENFIN, JE PENSE…
ET PUIS, TU VEUX QU'ELLE TE CHOISISSE À LA LOYALE, NON ?

ABSOLUMENT, JE SUIS PRÊT !
HMPF
BON, IL FAUT QUE J'Y RETOURNE.
AH !
UNE DERNIÈRE CHOSE, NEZU.
OUI ?
MES CHEVEUX.
TU NE VOUDRAIS PAS ME LES COUPER ?

MADEMOISELLE MEI, JE VAIS VOUS AIDER À VOUS CHANGER POUR LE DÎNER.
Au dîner, elle porte une robe longue.
EUH... OUI, MERCI.
Tous les jours, je me demande ...
EXCUSEZ-MOI.
si ces uniformes n'ont pas été faits pour nécessiter l'aide de quelqu'un pour les mettre et les enlever !!
EXPRÈS...

"QUELQUE CHOSE TE TRACASSE ?"
RIHITO ?
VEU... VEUILLEZ M'EXCUSER.
...
Il doit se tourner quand elle se change.
スル…
FLAP
パサ…
FLAP
パサ…
FLAP
...

TU PEUX FINIR…
RIHITO…
EXCUSEZ-MOI.
CLIC
...
Dire que je trouvais le temps long jusqu'à mon anniversaire le mois prochain…
pour pouvoir porter le cadeau qu'il m'a fait.

Mais ce mois est tout ce qui nous reste...
Après ça...
je ne sais pas ce qu'il adviendra de nous...
TIENS, MEI...
OÙ EST RIHITO ?
IL EST PARTI AIDER LE CHEF.
QUEL PRO. ♡

HÉ HO ! MEI ! ♡
ARGH
ÇA Y EST, ON A DÉCIDÉ DANS QUEL ORDRE...
ON ALLAIT RÉGLER SON COMPTE À TON MAJORDOME ! ♡
PFUH
GRMPF
DITES DONC ! SÉRIEUSEMENT !
VOUS AVEZ RÉELLEMENT L'INTENTION DE M'ÉPOUSER ? POUR DE VRAI ?!
ABSO-LUMENT ! ♡ JE TE VEUX ! ♡
HAA HAA
LÂCHE-MOI !
JE T'AI RIEN DEMANDÉ, TOI !!
SEULS CEUX QUI ÉTAIENT VRAIMENT SÉRIEUX SONT ENCORE LÀ.
ET SONT RENTRÉS CHEZ EUX.
Argh ...

DANS CE CAS…
JE N'IRAI PAS PAR QUATRE CHEMINS.
VOUS N'AVEZ PAS LA MOINDRE CHANCE DE GAGNER DANS UN COMBAT !!
ALORS VOUS FERIEZ MIEUX DE REPARTIR CHEZ VOUS AVANT D'ÊTRE BLESSÉS.
ON PEUT PAS SAVOIR SANS AVOIR ESSAYÉ !
BIEN SÛR QUE SI ! RIHITO NE PERD JAMAIS !!
TU AS COMPRIS ?! C'EST LE MEILLEUR AU MONDE !!
IL EST BEAU, FORT, SUPERBE, DOUÉ, INTELLIGENT ET GENTIL !!
C'EST UN MAJORDOME DE RANG SUPER EXTRA S !!
ムカー
GRRR

VOUS ME FLATTEZ, MADEMOISELLE MEI.
Euh...
POOOF
PFH
Je...
Oh, la honte !!
SMILE

POURTANT, CE SUPER EXTRA RANG S A DÉJÀ PERDU UNE FOIS AU COMBAT.
OUI ...
IL Y A QUATRE ANS...
STAP カッ...
GRAT GRAT ポリポリ...
TOUT À FAIT...
MON GRAND FRÈRE EST ÉTONNAMMENT TÊTE EN L'AIR PARFOIS.

SHIBA-TA…
Tiens… C'est drôle…
TU AS COUPÉ TES CHEVEUX ?
HEIN ? OUI, UN PEU.
On dirait…
le Shibata d'autrefois…
TU TE SOUVIENS, MEI ?
QUAND LE VIEUX HONGO T'A DEMANDÉ QUEL SHIBATA TU VOULAIS COMME MAJORDOME ?
TU AS RÉPONDU QUE TU VOULAIS LES DEUX.

JE VIENS DE DEMANDER À SŒUR ROSE…
ET IL SEMBLE QUE CETTE DEMANDE SOIT TOUJOURS VALIDE.
DU COUP, JE SUIS À NOUVEAU TON MAJORDOME.
Hein ?!
MAIS… ENCORE APPRENTI, ALORS ?
NIERK
FIGURE-TOI QUE JE N'AI PAS PASSÉ CES QUATRE ANS À M'AMUSER.
キラーン
GLING
AH !
CE N'EST QU'UN BADGE EN ARGENT…
MAIS C'EST LA SEULE CHOSE QUE JE PEUX FAIRE POUR TOI.
Shibata...
MAIS UN JOUR…
!

JE TE PROMETS...
QU'IL SERA DE CETTE AUTRE COULEUR.
ON DIRAIT QUE TU N'AS PAS GARDÉ POUR RIEN LE NOM DE SHIBATA.
NIERK
ÇA ME VA ! ESSAYE DONC DE ME PRENDRE CE BADGE !
CE SERA NOTRE COMBAT PERSONNEL.
SI UN SOUS-FIFRE COMME TOI EN EST CAPABLE...
AH OUAIS ?! CE SERA PLUS FACILE QUE TU CROIS !!

EUH... MAIS... ET EUX, ALORS ?!
OCCUPEZ-VOUS D'ABORD DE LEUR RÉGLER LEUR COMPTE, TOUT DE MÊME !!
NOUS NE NOUS LAISSERONS PAS SI FACILEMENT FAIRE.
PFUUH
TU RIGOLES ? POURQUOI JE PERDRAIS ?!

C'EST EXACTEMENT CE QUE J'ALLAIS VOUS DIRE !!
CETTE PENSION TOURNE AU N'IMPORTE QUOI...
HUM ...
ENFIN, LES CHOSES AVANCENT.
COOL...
TOUT D'UN COUP, ELLES SONT TOUTES LÀ POUR VOIR.
À suivre

L'école de majordomes de la pension Sainte Lucia

C'est l'arrière-grand-mère de sœur Rose, sœur Margaret, qui, prévoyant l'augmentation du nombre de majordomes dans le futur, décida de la créer. Les cours qui y sont dispensés sont globalement les mêmes que dans une école similaire en Angleterre, patrie d'origine du majordome pur jus. N'importe qui peut s'y inscrire, quel que soit son âge ou son pays d'origine, à la seule condition d'avoir prouvé son identité. En ce moment, les majordomes japonais ont la cote, en raison de leur caractère délicat, de leur capacité de travail et de leur fidélité digne de l'éthique des samouraïs.

Il n'y a pas d'examen d'entrée. Mais en raison de l'extrême difficulté du curriculum, seuls deux ou trois pour cent des élèves obtiennent leur diplôme. De plus, très peu d'élèves intègrent l'école alors qu'ils sont encore collégiens, comme Kento. En général, c'est plutôt après avoir terminé le lycée.

De plus, il n'est pas forcément nécessaire d'avoir fréquenté une école de majordomes pour obtenir le diplôme. Il suffit pour cela de réussir l'examen organisé par l'association internationale des majordomes (un peu comme le permis de conduire) ; c'est de cette manière que Rihito a obtenu son propre diplôme, à l'âge de quatorze ans.

L'école de majordomes n'est pas simplement un lieu d'éducation, mais se charge également de gérer la carrière de ses diplômés. (Un peu comme une agence pour un artiste. Bien sûr, certains majordomes sont indépendants.) Les majordomes à la recherche d'un emploi peuvent passer par l'école pour trouver une célébrité à qui présenter leurs services. Si les deux s'entendent, un contrat est conclu. Bien sûr, en raison du nombre important de sollicitations que reçoit un majordome à succès, la décision est parfois prise en fonction du salaire offert le plus élevé, mais c'est en définitive le majordome lui-même qui a le dernier mot dans la décision. Par exemple, tout récemment, Aoyama, majordome de rang A ayant reçu plus d'une centaine d'offres de travail, dont l'offre de salaire la plus élevée se montait à un milliard deux cent mille yens à l'année, s'est finalement décidé pour Rika Kayama qui ne lui offrait que dix millions à l'année.

Il y a quatre rangs de majordomes, du A, le plus élevé, jusqu'à D. Plus le rang spécial S. Les rangs officiels sont renouvelés tous les quatre ans par un examen. Le badge que porte chaque majordome à gauche sur sa poitrine indique son rang. Ces badges sont de couleur argent alors que les badges spéciaux S sont dorés.

Note : j'ai changé le système des badges par rapport à l'explication dans le tome 6.5, désolée !! C'est trop compliqué si tout le monde porte un badge avec un S... Mais d'un autre côté, un manga c'est en noir et blanc, alors la différence entre doré et argenté est trop difficile à voir. (Miyagi)

En pratique, comment ça se passe ?

Une journée dans la vie de Rihito Shibata, majordome de rang S.

Au travers de cet exemple, observons la technique de notre sujet.

CLIC
BAM
バ
Il se lève à cinq heures.
M'ouais ...
NOTE
Idéalement, le sujet doit éteindre l'alarme du réveil avant qu'elle ne se soit mise à sonner.
TCHAC
L'observation des nuages, du vent, de la température et de l'humidité lui permet de prévoir instantanément le temps de la journée et d'organiser l'emploi du temps.
C'est le jour pour aérer les couvertures.
NOTE
Il est bien sûr permis d'utiliser le service météo, mais il vaut mieux être entraîné à réagir à tous les types de temps.
Il replace sa maîtresse sous les couvertures.
すぴー
ZZZ
...
Il se douche, déjeune et se prépare.
Rapidement !! Le plus rapidement possible !!
PSHAAH
BLOUP BLOUP
SHAAH
GLOUB GLOUB
CHAKA CHAKA
SHH
5h30.
Nettoyage du dortoir et des alentours.

TRANQUILLE...
ET SI VOUS M'AIDIEZ, DE TEMPS EN TEMPS ?
WOUSH
J'ADORERAIS LE FAIRE...
カン CLANG
カン CLANG
カン CLANG
MALHEUREUSEMENT, JE SUIS OCCUPÉ.
SALUT.
DE TOUTE FAÇON, JE DISAIS ÇA COMME ÇA.
NOTE
Endossons avec bonne humeur la part de travail des voisins.
6h30.
Préparation du petit déjeuner parallèlement à la lessive.
Chaque dortoir possède une cuisine et une buanderie.
NOTE
Bien sûr, le pain et le riz sont cuits sur place, le jour même.
Pour sa capricieuse maîtresse, il prépare tous les types de nourriture, européenne, japonaise et chinoise.
Après, il se change.
NOTE
Se présenter débraillé devant mademoiselle est inconcevable.
7h. Mademoiselle se réveille.
MADEMOISELLE MEI.
IL EST L'HEURE DE VOUS LEVER.
MHH...

BONJOUR.
IL FAIT TRÈS BEAU AUJOURD'HUI.
BLING BLING
IMPORTANT
Se présenter avec le plus beau sourire. Mademoiselle en sera vivifiée pour toute la journée.
POOF
BONJOUR, RIHITO !!
8h30, arrivée en classe.
DING DONG DANG DONG
Lecture de l'emploi du temps par le représentant majordome.
AUJOURD'HUI, LE SPORT SE FERA EN INTÉRIEUR... TIENS ? MAIS C'EST CELUI D'HIER, ÇA...
ILS ONT L'HABITUDE.
9h, début des cours.
NOUS ALLONS COMMENCER LE COURS D'ÉDUCATION SEXUELLE. SI LES MAJORDOMES VEULENT BIEN SE RETIRER…
POOOF
Oh... ♡
NOTE
Même s'il n'y a rien à faire, on s'occupe en rangeant les classes attenantes, par exemple.
HUM, AU BOULOT...

*N.D.T. : repas de petites portions variées à la vapeur, le plus souvent servies dans des boîtes en bambou.

Ensuite, retour rapide au dortoir, nettoyage et accommodation de diverses demandes.
C'est plus facile quand la pièce est petite...
Qu'est-ce que je vais faire, maintenant ?
Il finit en vingt minutes.
NOTE
En tout cas, il est important de tout finir avant la nuit et le retour de la maîtresse.
Par exemple, des communications avec la famille qu'on préfère lui cacher.
ESPÈCE DE SALE VIEUX RENARD !
18h30 …
DÉSOLÉE, JE SUIS EN RETARD !
Préparation de mademoiselle pour le dîner.
Toutes les élèves et toutes les sœurs y participent. Faisons de notre mieux.
NOTE
Préparez-vous à l'avance.
Toujours beau ! Toujours propre !!
Note sur le changement d'habits.
Même si vous êtes son majordome, ne la fixez pas du regard.
Contentez-vous de lui jeter des regards par en dessous.
TOURNE-TOI, S'IL TE PLAÎT !!
IL VA LUI FALLOIR UN NOUVEAU SOUTIEN-GORGE...
Profitez-en pour observer son corps minutieusement (blessures, problèmes de peau, changement dans ses proportions, etc.). C'est important.
19h, début du dîner.
Prenez votre dîner rapidement pendant que votre maîtresse discute avec ses amies, au moment du thé.
Organisez un tour de garde avec les autres majordomes de manière à répondre à la moindre demande.
Auquel cas, vous servirez avec bonne volonté même les demoiselles qui ne vous sont pas assignées.
AH ! JE REPRENDRAIS BIEN UN PEU DE THÉ !
21h.
Aidez votre maîtresse à étudier.
Rihito explique bien mieux que les sœurs...
NOTE
Prenez votre temps, c'est le contenu de la leçon qui compte.

Propo-sez un bain…
et aidez si on vous le demande.
TANT QUE NOUS SOMMES ENCORE DEBOUT, LA JOURNÉE DE NOTRE MAJORDOME N'EST PAS TERMINÉE.
C'EST POURQUOI J'ESSAYE DE NE PAS VEILLER TROP TARD.
23h.
Coucher de made-moiselle.
BONNE NUIT, RIHITO.
BONNE NUIT.
FAITES DE BEAUX RÊVES.
Ensuite, ménage de la salle de bains et préparation du petit déjeuner du lendemain.
Et enfin…
le seul moment de liberté de toute la journée pour notre majordome.
Entraîne-ment, étude… Il y a tout un tas de choses à faire…
Il arrive parfois que nos majordomes en profitent pour échanger des informations intéressantes autour de boissons chaudes.
BEER

1h30 du matin.
Il se couche enfin après avoir pris une douche…
?!
PUAH
PUAH
DÉCOUVERTE D'UN HABIT SALE IMPRÉVU !!
SPLOF
SPLOF
Heures sup.
Qu'est-ce qu'elle a fait chez mademoiselle Ryuonji ?!
FLOSH
FLOSH
FLOSH
J'espère que je ne vais rien découvrir d'autre…
CLAC
À l'intérieur du placard
Découverte imprévue d'une boîte de chocolats !!
POUR RIHITO♥
Bonus !!
Ils en ont de la chance, ces majordomes !!
DZIING
Voilà, c'était la journée d'un majordome la veille de la Saint-Valentin.
Fin

MEI-CHAN NO SHITSUJI

First published in Japan in 2006 by SHUEISHA Inc., Tokyo.
French translation rights in France and French-speaking Belgium, Luxembourg, Monaco, Switzerland and Canada arranged by SHUEISHA Inc.
through VIZ Media Europe, SARL, France

Édition française
Traduction : Marie-Saskia Raynal
Correction : Yoann Passuello
Lettrage : Anne Demars

Couvent Saint Cécile – 37, rue Servan – 38000 Grenoble
ISBN : 978-2-7234-8106-9
ISSN : 1253-1928
Dépôt légal : octobre 2011

Imprimé en France en septembre 2011 par Herissey
sur papier provenant de forêts gérées de manière durable

www.glenatmanga.com

Dans le prochain tome…
Kento perd les pédales !!

Le tome suivant, prochainement en vente chez votre libraire !
NAKATA !! JE TE DÉFIE EN DUEL !!
Euh, c'est qui, Nakata ?
Emporté par la colère, Kento se lance dans un duel qui va entraîner le pire !! Kento et Rihito, un duo de majordomes en action à ne pas manquer !!

Répertoire mondial des majordomes - 8'
Kento Shibata Redford

Âge : 17 ans
Taille : 1,82 m
Groupe sanguin : A Rh+
Maîtresse attitrée : Mei Hongo

Niveau
Technique : A+
Force : A+
Éducation : A
Apparence : S
Loyauté : B
Classement général : A

Un des rares majordomes au monde à être aussi un héritier… C'est peut-être pour ça que sa loyauté n'est pas très forte. Ses capacités fleurissent de manière un peu trop capricieuse, raison pour laquelle il n'est que de rang A.

Mais lorsqu'il saura enfin ce que sa maîtresse désire le plus au monde, il se découvrira probablement des capacités dignes d'un majordome de rang S.